烏龍院

精彩四格

奧林霹客

漫畫=敖幼祥

人物介紹

烏龍小師弟

烏龍大師兄

長眉大師父

大頭胖師父

奧林霹客

趙甲

皇上

皇后

章大人

醫官

啦啦隊佳麗

泡沫鴛鴦

西門公子

金枝

金員外

恐龍妹

小說大師

金夫人

奧林霹客

太久
沒運動了。
長出
小油肚啦。
可不是嘛！
我的油肚都
溢出來了！
真羨慕年輕
人，身材都
不會變形。
脑筋太久没动，
也长了小肥肚！

師父在打
乒乓球。
喘
喘
乒！
乒！
大師父居然
打得發抖！
喘
喘
喘
乒！
太遜了！
讓我來打吧！
唉！
媽呀！原來他們
是用雞蛋當球！
啪
乒

師弟，我教你殺球！
乒！
這還不簡單！
殺球！
啪!!
哇！這一球殺的漂亮！
真是超越水準。
啪！啪！啪！
啪！
啪！啪!!
殺到我頭，饒不了你！
SLAMM

削球。
能在瞬間讓球產生強力回旋。
造成對方接球時的失誤！
PA—
?
削球？應該向我學習！
保證「屍骨無存」！

我研發出銅牆
鐵壁的防禦術。
！
固若金湯！
滴水不漏！
小蠅也
難飛入！
狂妄！
有種跟我
挑戰嗎？
師父請！
啊呵…
二米
怎樣？怕了吧！

大師兄，你是我的乒乓偶像！
嗯哼~!
你是世界球王！
嗯哼!
嗯哼!
你是宇宙冠軍！
帥哥，王子，可以再讓我一點嗎？
讓
讓
讓
讓
HA HA HA
你這自戀狂！輸了是烏龜哦！
HA HA HA
哇!! 你這馬屁小人精~

殺！
乒
乓
殺！
小師弟真厲害！
我的殺球他都能接到！
KO!
可惡~~~
怎麼樣！你再殺呀！

看我開一個
超級旋球。
怎麼樣？
夠旋吧！
旋—旋—
KO!
旋—旋—旋—旋—
波！
嘩！
超級旋人！
旋！旋！旋！旋！

夢！
啊！
夢見一位西施再世的美女啊！
快依本王圖中所繪。
找到「夢裡西施」。
皇上，您的「夢裡西施」找來了！
我的……
呵
嗨！皇上！
完全依照畫中指示找來的！
恨自己没学好漫画．

報告皇上！
奴才發現一位美女。
！
美得是沉魚落雁。
長得是閉月羞花。
好~~~
快！
快！
快！
櫻桃小嘴
冰肌玉骨
目如皓月
嗨！皇上！
就是排列位置不太對！

皇上，這是入選的後宮佳麗。
這種胖妃？你打算要壓死朕啊？！
秤
現在美女難尋，這些已經算瘦的啦！
快開門，我自己去找！
她因為進不來，堵住門。
嗨！皇上！

嗨!皇上!!
哎呀!
這是怎麼回事?!
後宮佳麗全變了樣。
後宮
後宮佳麗全是皇后做主選的。
她鼻子比我尖，退！
你睫毛比我長，退！
退貨

後宮
皇后也太過份了！
我要微服出去找美女！
奴才早就為您準備好了！
嗯！
你真是個好奴才！
你準備的東西呢？
咦？
啥？
龍
就這些啦！您不是要「微服」出去嗎？
龍

皇上，其實
胖妃福泰，
也不錯的。
好吧！
我選妳！
妳！
還有妳！
皇上能接納忠言，
乃聖明賢君呀！
這些全是
送給你的。
你是暴君！

親愛的皇上，別再為了想美女，誤了朝政。
瞧你這身臃腫龍油！
快去健身強國吧！
皇后的建議真好！
就讓全民共同參與吧！
這才是我的好皇上。
健身美女全國選拔大会
皇后盃
皇后盃
好!—
好!—

皇上與皇后決定在奧秘森林舉辦霹靂俠客運動會，簡稱「奧運會」。
喜歡我設計的「奧運」徽章嗎？
很有團結的感覺。
奧林霹客运动会
奧林霹客运
難得的創意！
是怎麼想到的？
這個。
一籠五個包子。
……
御用

大師兄
別賴床！
皇上要舉辦
奧運會啦！
我出頭的日
子到啦！
千載難逢的
良機呀！
我要為烏龍
院爭光！
勇奪奧林
霹客冠軍。
先等我
睡飽再說。

又睡了一天！你要不要參加奧運啦？
昨天我說過要早起鍛練嗎？
對！昨天說過！
前天也說過！
一言既出，駟馬難追！
現在就去運動場！
猪!你是猪!

HAHAHAHAHAHA
我是超級神勇
烏龍大師兄！
HAHAHAHAHA
我要勇奪奧林
霹客第一名！
喔！好重！
我怎麼也舉
不起來！
不是舉不動，
是文章不會作。

加強肌肉訓練，向奧運進軍！
這輩子沒見過！
真厲害！
這種肌肉肯定創造世界紀錄！
單桿也被操出肌肉了。

奪標
為了奧運，明天開始晨跑三十里！
你……
少吹牛。
我才不信呢！
奪標
好！如果做不到，我就是烏龜！
烏龜當定了！

為了奪標，
清晨就起來
鍛練。
快
快
快
快
快
章大人？
大人早起晨跑
為民表率！
我們參加奧運
一定成功！
快
快
快
快
SOON—
快…
快闪！
死鬼！
打牌到天亮才回来！
shit

大師父
沒在練功？
叫咱們苦練，
你卻在這寫字！
你應該
以身作則！
百斤
你敢說我
在偷懶！
EEEK!
我教你們所謂的
「以身作則」！

為了奧運
天天要苦練！
每天要跑
一萬米！
今天跑
三萬米了！
哦！
喘
喘
喘
喘
喘
喘
只要跑一萬米，
卻跑了三萬米，
真是傻瓜！
PA—
PA
PA
所以明後天
就可以休息了！
標準老傻瓜

奧運將近，
準備妥了嗎？
SWA
KA
搞定了！
即使是大師父，
也叫他沒話說！
LEA!
叫我什麼
沒話說？
嚇
嚇
嚇
當然是叫你……
爽得沒話說。
PADA!
呸！
爛人！

志在奪標
大師父，我跑不动啦！
喘
喘
喘
腿软了～
我真的不行了！
哦！
好吧！那你就來寫數學囉！
!
SLAMP
不！我不累！我一点都不累！我…
?

到達比賽場地啦！
這麼大個地方，連路標也沒有！
沒路標怎麼去會場？
服務實在太差了！
遊園纜車直達會場

好多的猴猻哪！
他們喜歡親近人類。
人與獸和睦相處，多麼自然呀！
你扒了多少？
2毛？
3毛？
窮光蛋！

大家小心！
那是一株食人花！
這麼小個也敢叫「食人花」？
哼！
大師父！你也太膽小了唄！
SLAMP
HA HA HA HA HA
笨蛋！那只是它的小尾巴！
EEEK

你們瞧呀！這一對參天古木！
百年老樹要保存完好真不容易呀！
皇上一定是位愛樹的明君。
我們祈福，願他與老樹一樣長壽。
哇！背後早被挖空啦！
皇上御用
皇后御用

慘了！天黑
還沒找到路！
師父！
我怕黑！
別怕！有了火，
動物就不敢靠近了！
老土！什麼時代
了！還用火把！

哇！
野狼呀！
WOOf
SOOOPoo
哇！！
wof
呸！
屁股全是肥油！真噁心！
!
WOOoAA
臭狼！
你的毛屁股又有多好吃？！

OH～AO～OH
泰山！
SWA
有了他就可以問路啦！
FUNN～
為啥呼喚我？
請你指點我們方向！
地圖一張九十！
導遊一天五百！
!
收費表
地圖一90
導游一500
住宿一1700
打獵一3000
溫泉一700
MAP

皇上籌辦了豐富的項目！
足球
跳水
羽毛球
排球
田
武
击
举重
体操
铁人十项
马拉松
皇上如此了解運動！
他是希望全民健身強國呀！
皇上聖德！
大師兄，你來看看最後一項！
哦？
皇上還有更大的恩典嗎？
右列
每一项報名费
玖仟玖佰玖拾玖元玖毛
欽此
死要錢的賊頭！
簡直是魚肉百姓！

報名處
奧林霹客
你報了些
什麼項目？
田徑、跳水……武
術、球類……馬拉
松、水上芭蕾……
水上芭蕾？
別笑掉人家大
牙了……
HO-HO-HO!
HA HA HA HA
那當然！
我是幫你們
報的名。
EEEK!!
TURN!
HA

体檢処
雲州
這麼多人排隊？
哇！要排到什麼時候呀？!
體檢處
奧林霹客 运动会
你先吧！
你請！
請！
喲！喲！突然間變的那麼謙讓……
你請！
你先請！
防疫。
哇!!我要排隊啦!

檢測出來你是肝病末期、還有花柳病、白血病……
！
你的運動生涯算是完蛋啦！
報告長官！我拿錯檔案了！
?
你手上的檔案是你自己的！
AAAA

哎喲！好豪華的選手村！
奧運
選手村
這是皇上的德政。
讓本官好好款待各位選手！
快請！
這也未免蓋得太小啦！

住這種狗屋？
瞧不起我們嗎？
本官立刻改進。
請移駕到皇家賓館。
請。
皇家賓館
請！這邊請！
對嘛！這才像話！
皇家小賓館
在這哪！

我要牙刷，
他卻給掃帚？
要毛巾給
棉被？
我要杯子，
他給馬桶！
太過份啦！
免痔
我要找那個迷糊
的官員理論！
奧林霹客
管理中心
他已經不能
再迷糊了！
!
朕要筷子,你給棺材?
拖出去砍了!!
哇

蔡捕頭，快去要運動明星的簽名！
不！
勤務執行中！怎可擅離職守！
開封府青天包大人駕到！
司法明星請簽名！
排隊！

正义公堂
奧運安檢計劃
滴水不漏
弟兄們要認真執行！
Yes!Sir!
堅守崗位！勿怠勿縱！
Yes!Sir!
不行就是不行！
哥们！你就通融一下嘛……
上厕一次
收费五毛
蔡捕頭令
正义公堂
堅守崗位，勿怠勿縱！
身上忘記帶錢啦！
急！急！急！

提高警覺，
嚴防恐怖分子！
yes! sir!
轟！
城牆上有
可疑人物！
!
縱火犯？
轟！
唔！
給我打！
你滅了我
的聖火？!

奧運村
安檢站
出示你的
身份證件！
你竟然塞給我
一萬元……
拿下！
公然向司法
官員行賄！
正牌恐怖分子！
是一萬元
「冥幣」！

大徒弟
去哪兒啦？
奧林霹客開幕式
傻徒弟！
笨徒弟你在哪裡？
師父這樣叫
他是聽不到的！
靚妹，你找我
師兄有啥事情？
我在這裡～～
我在這裡～～
SWOOAA!

大徒弟一早
就在練功了。
中午
也在練……
晚上
還在練！
運動精神
感人！
喔~~~
你是個
大混王！
Z
就這樣也能
睡一天。

唔
嗯
喔
!
唔
太遜了，
還會發抖。
下來！下來！
我教你！
拉單桿要像我
這麼帥的……
嗯
嗯
我在練
「電極減肥功」。
PEPEPOPO!
7000伏特

師父！皇上
來看咱們啦！
運動真好！
朕決定明天
與大家一起
晨跑！
皇上為民表率，
振興體育！
不會再有
東亞病夫啦！

奧運吉祥物就用熊貓吧！
不行！
我認為孫悟空更有代表性！
你就像孫猴子一樣潑辣！
你才像熊貓臃腫遲鈍！
奧运吉祥物
孫熊猫
太誇张了吧！

本王宣佈，奧林霹客運動會正式開幕！
施放和平鴿，祈求大會成功！
御用鴿
POW
SWA—
有刺客！快護駕！
御用鴿
抓我同胞！就為你成功？

奧運安檢
這是最敏感的金屬探測機。
少唬我！
還不老實交出來！
你想謀刺皇上？要砍頭！
啊!
奧運安檢
別砍頭！
只是一些銅板而已！
夠敏感了吧！
裡面好悶啊！
是個人工機？
啊!
奧運安檢

恭請皇上為
開幕剪彩！
好！
請皇上
剪彩！
嗯！好！
很好！
…
咔嚓
哎呀！
你怎麼沒把
雞雞剪掉？
He! He!
He! He!

歡迎參加「奧林霹客運動會」。
皇后在幹啥？
握手是一種西洋禮節。
哦！
歡迎參加……
哎呀！
皇后！
咔喳
HA!HA!
你好！你好！
真好！咱們天生一對！
HA!HA!HA!

奧運聖火台，採用最新式的西洋燃料。
丝－丝－丝－丝!!
怎麼只有聲音沒有火？
洋玩意就是不可靠……
丝！
丝！
丝！
丝！
哇！
笨蛋！

瞧！傳說中的許願樹！
參賽選手都會把心願掛在樹上祈求實現！
我也要把願望掛上許願樹！
你的願望也太多了唄。
願

恭請皇上為運動員鳴槍起跑！
這洋玩意要怎麼用？
朝外頭扣下板機⋯⋯
砰

記住我的
叮嚀！
開賽之後
勇往直前！
要像滿弦之箭，
要像脫韁野馬，
奔如流星……
以白駒過隙的速
度衝向終點……
弟子謹遵教誨，
但是……
比賽已經結束
了，你這個長舌
老頭！

加油！
衝向終點！
PO
PO
出現黑馬
後來居上！
天哪！
太快了！
無人可及！
ZOOOOMMM
啡 啡
真的……
是黑馬！
COLO
COLO

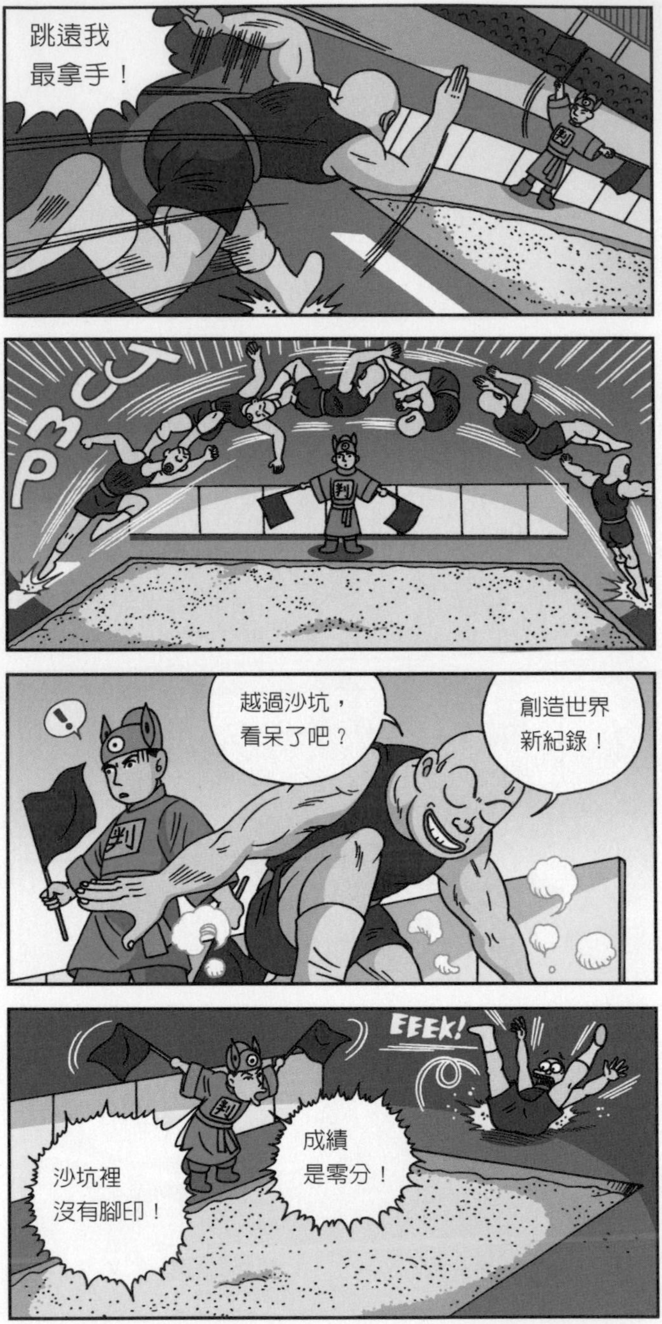
跳遠我
最拿手！
JUMP
越過沙坑，
看呆了吧？
創造世界
新紀錄！
!
EEEK!
沙坑裡
沒有腳印！
成績
是零分！

參加百米障礙的選手請集合。
怎麼了？
咦？
喂！
是不是怕我啦？
膽小的家伙！
沒有一點運動精神！
百米障礙賽
媽呀！

加油！
加油！
加油！
加油~加油!
啦啦隊真美麗！如花綻放！
如花綻放呀！
幸虧沒給你大師兄看到！
否則他肯定流鼻血……
咳!
咳!
咳!
咳!
他早就混入花叢中啦！

奧林霹客金牌
武關
水關
土關
力關
球關
我已經晉級奧林霹客決賽了！
奧林霹客金牌
武關
水關
土關
力關
球關
你得連闖五關才能得到金牌啊！
哎呀！過不了這關就丟人啦！
師父！相信我！
有什麼是我過不了的？
年關將近，難過呀！
你要幫忙過關嗎？
這一點讓您去過吧！
典當
當
債

這位是皇家運動員
名叫「趙甲」。
好樣的！
嗯！
聽說你在皇家院
校年年拿金牌！
武術冠軍還是田
徑冠軍？露兩手
來瞧瞧！
繡花枕頭，
速度第一！
!
LOVE

「掃堂腿」是我的絕技！
刷
俐落！
掃堂腿敏捷有力！
刷
如此高超絕技！
一定是潛心修練的吧！
這…
是因為上課常犯錯，被老師罰掃落葉……
刷一刷一刷

你將代表皇室
參賽奧林霹客。
來！乾了這杯
「英雄壯膽酒」！
哎呀！
皇上！這壺是給
您補那個的……
「壯膽酒」變成
「壯陽酒」。

「力關」：首局比的是肌力健美。
趙甲展現出傲人的胸肌！
不愧是皇家隊的首席運動員！
烏龍院的選手能突破皇家隊的極限嗎？
等著瞧！
奶瓶型胸肌！
夠突破了吧！

你要向我挑戰
最高極限嗎？
喜馬拉雅峰
六塊肌！
!
!
哇！
山崩啦！
POW
叮嚀過你隆乳
後別太激動。
皇家整形专科
我不想活了……
好丟臉……

肌肉猛男迷死
姐妹們……
AAAA
AAAA…
OH！天哪！
那才是迷死人的……
噢!!! 我喜欢!!
我喜欢!!
爱死了!!
嘿! 姑娘们
「猛男肌」不敵
「啃得雞」。
超霸桶 5 元

好滑亮的
雄性肌肉！
油光閃閃，
真是好看！
我用的是一瓶
五萬元的皇家
護膚油。
五万!!
五万!
別歡慕有錢
的凱子。
烏龍院也有
獨家護膚油！
師父～！你
給我抹的是
什麼油？
猪油
HAHAHAHA...

十二塊腹肌！
你能比我更強嗎？
真不好意思！
我只練成兩塊腹肌！
喔—？兩塊腹肌？
哇！真的只有兩塊肌！
「公肌愛母肌」，比你強吧？
何止強…簡直是偉大

挺舉
500公斤！
臉不紅
氣不喘！
HA-HA-HA-HA
我是烏龍第
一大力士！
!
我能舉一千公
斤！我是大大
大力士！
HA-HA
HA-HA
HA-HA
力
我是
金牌！
賴皮！是我
先舉的！
白痴嗎？

!
烏龍大力士向
極限挑戰！
嗯！
五百斤
五百斤
你快
認輸吧！
五百斤
五百斤
啊—.
啄
五百斤
五百斤
咻
咻
咻
?
用吹的？

不行呀!!
举不动……
加油 加油
別太勉強了！
認輸吧！
不行…
沒力啦…
大師兄！你褲檔拉鏈沒拉好！
「激將法」成功！
咦!!!

皇家隊的名駒
高大挺拔！
我贏定了！
徒弟別長
他人志氣！
師父一定
挺你到底！
本院也有
好馬？
這匹寶馬乃是
關公的座騎
「赤兔馬」！
yes
yes
想當年叱吒
沙場雄冠百
駒之首！
百年老马
赤兔
一折
拋售
就是歲數
大了些……
適合你們
騎吧！

我的馬日馳千里，你能比得上嗎？
我的馬…
我的馬太胖了！
一天最多跑十公里。
既然你的馬那麼強。
咱們來比馬泳吧！
誰怕誰！
白痴！那隻叫做「河馬」！

你今天又帶了
什麼怪馬？
哈
哈
哈…
這麼斯文？
比賽時會
休克吧！
「馬術」，比賽開始—！
哇！
哈
哈
「馬兒算術」比賽！
休克了
2794765
×5432712
+28880
×71540
÷82828
×7.540
3587948
+9761523
+588741
×1259
−789234
×210417
2

「土關」的馬術賽趙甲首先躍過障礙！
只要再跳過最後一欄就過關啦！
哇！為什麼突然急停！
跳过去的
是馬盧子
白痴！你不認識漢字嗎？

KenKen!
DADA!
CONCON!
御
御醫正在為他更換獵豹的筋骨。
脫胎換骨果然迅如猛獸！
SWA
喂！你在幹什麼？
闻!! 闻!!
造反啦！
唬~
獸性大發，把你當肥羊了。

「土關」進入艱苦的五十公里「馬拉松大挑戰」。
馬拉松金牌誕生啦！
不可能！
我們……
才開始跑哪！
真的是
馬拉松冠軍！
正牌的「馬拉松」。

糟糕！天氣變了！
快來躲一躲。
馬上要下大雨了！
要有運動精神。
下大雨也得跑！
我是說要下「大雨」的嘛！

馬拉松最後十公尺幾乎同步衝刺！
馬拉松終点
兩人伸長脖子爭先搶達終線！
馬拉松終点
舌頭也算身體的一部分嗎？
馬拉松終点
那我這個也算囉！
EEEK
ZOOM!
馬拉松終点

趙甲加油
趙甲必勝
皇后別太激動！
要保皇家優雅形象！
我把你全部私房錢都押注在他身上啦！
我的钱？
全部？
他??
姓趙的你一定要得金牌！
打輸了我就斃了你…
…

皇家隊
加油！
皇上給東妃買
了新鑽戒？
你也給西妃買了
新寶石戒指？
皇家隊
加油！
說！
我買！我買！
我買最好的給妳..
OK?
我愛奧運會！
皇上！我也要！
唉！搞奧運 我賠本。
不公平！

「球關」：挑戰項目是羽毛球，皇家隊選手趙甲使用的是白金球拍，球是用火鳳凰孔雀尾羽所製成。
咱們烏龍院太窮了！
得用十元一支的地攤貨！
但是咱的球也是稀世珍品製成的！
是二位師父腋毛所做！

胖師父臨場爲愛徒做了
一副愛心球拍。
物力維艱，
節儉辦奧運！
除了打球，還能
當做蒼蠅拍！
物要盡其用！
比賽前可以拿
來撈水餃！
中場休息還可以
當吉他來娛樂！

開球後，用
暗器制住他。
三星追魂針！
SHOOT！
SHOOT！
哎呀！
傻瓜！廢了
你的武功啦！
嗚！
唔！
哎呀！
殺！
他是怪胎，
穴道異位，
剛好打通任
督二脈。

「八臂哪吒」
羽球神技！
來吧！來吧！
呼！
呼！
呼！
呼！
呼！
呼！
呼！
呼！
呼！
苦練了二十年，也就這麼點能耐……
我好慚愧！
—啊—
驢蛋！四肢發達！頭腦簡單！

SWA!
特殊橡皮球拍！
伸長！
ZOOM
唔！
SWA
特殊橡皮手臂，
伸長！
PA!

殺
底線吊球！
快去救球！
傷勢不輕，
立刻救球。
啊
啊

打不到？
SWA
SWA
打不到？
SWA
打不到！
打不到
我的球吧！
時間到了！
快付鐘點費！
現實鳥！
!

趙甲在泳壇
有蛙王的美譽。
泳技已達
最高境界。
開賽前獻給蛙王
一點小禮物。
啊！
受不了！
受不了
受不了
不要叫我蛙王！
蛙王克制點！
別吃蟲了！
蛙王！

兩人的蛙式實力
在伯仲之間……
突然靜止
不動了！
兩人遭到
恐怖襲擊了嗎？
是恐怖
分子嗎？
她
……
OH
被
攻
擊
了

SHARK!
嚇著你了吧？
嚇著你了嗎？
HWALA!
喂！
被嚇了嗎？
HWA
你說呢？
SHARK

HWALA!
HWALA!
HWALA!
皇家運動員趙甲，
蝶式速度驚人！
強勁如馬達
的臂力！
在水中猶
若活蛟龍！
HWALA!
HWALA!
HWALA!
羅馬不是
一天造成的。
我每天苦練
八小時。
HWALA
HWALA
HWALA
HWALA
HWALA
原來是如此
苦練……

大師兄！
啃！啃！啃！啃！啃！啃！
加油加油!!
再來一個！
啃啃啃啃啃！啃啃！
加油加油
蝶式準決賽
嗯 嗯 嗯 嗯 嗯 嗯 嗯 嗯
POW POW-POW-POW-
地瓜戰術大成功！

大師兄英姿煥發
的準備高台跳水！

突破
世界記錄！
「旋風式」空中
翻轉十二圈。
SWA-SWA
SWA SWA SWA...

超小落水圈！
簡直就是超完
美的演出！
POTOM!

咻！
轉太猛！
褲褲先落池！
破世界
記錄！

趙甲從優美的弧線從跳台上躍起！
在空中自由轉體十二圈！太完美啦！
TURN TURN
TURN TURN TURN
只不過……還是有一點點的失誤！
哎呀！
就是方向轉偏了！
跳台
慘！

你今晚去把
跳台鋸裂……
GE GE
皇家隊就
穩操勝算了！
HA-HA-HA-
咦？為何
跳板沒斷？
我有鋸呀！
誰叫你
鋸直的？
POW!

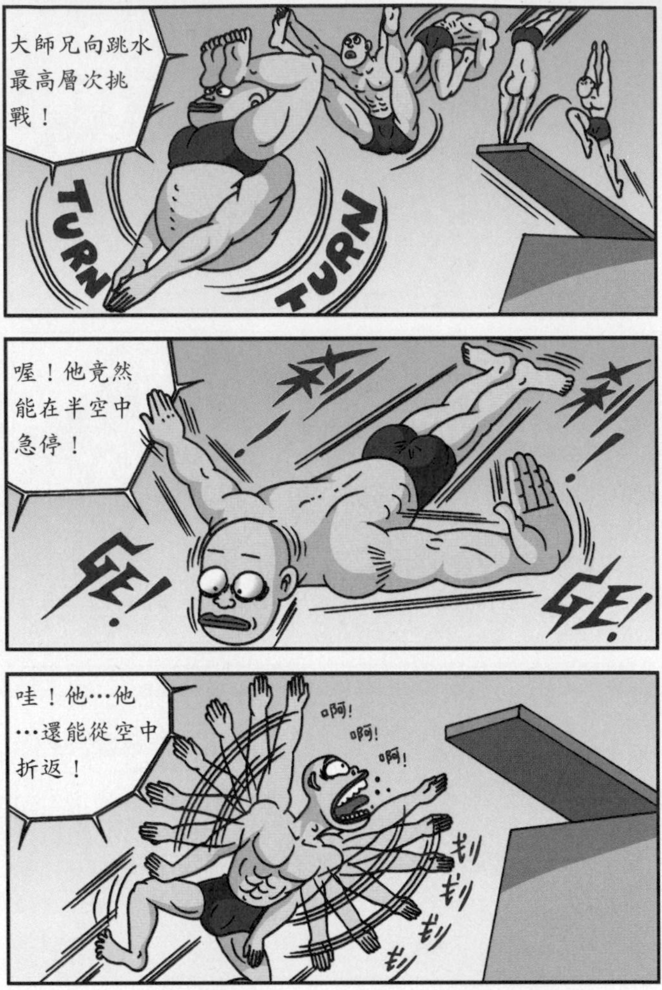
大師兄向跳水最高層次挑戰！
TURN
TURN
喔！他竟然能在半空中急停！
GE!
GE!
哇！他…他…還能從空中折返！
啊!
啊!
啊!
世界第一位由下向上跳的跳水冠軍！
…

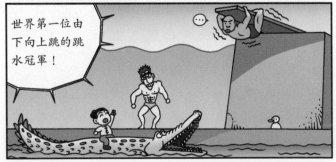

皇家派出佳麗
啦啦隊爲決戰
助陣。
太美啦！
糟！中午吃壞肚子啦！
!?
聽雨軒
嗯！
哎
喔
BOW
POP
這下子變成
「拉拉隊」了！

這朵花代表我
對你的愛慕。
不能讓他
先佔便宜！
你也快去
送花呀！
對！情關也
不能輸給他！
可是……
附近沒有
賣花的……
你快想
辦法啊！
這包「花」代表
我對你的愛慕……
啊—啊
爆米花

情關絕不會輸你！
走著瞧！
送你鑽石玫瑰。
這是百年才養成的珍品。
HA·HA·HA·HA···
這窮小子連花瓣都買不起……
玫瑰花园
但是我搬得起！

是她！
你用力射到
窗戶裡去！
對！
對！
把情書折成
紙飛機！
射！
SHOOT

奧林霹客進入最後決戰
「武鬪」
猴拳
虎拳
我判「猴拳」
勝利！
不公平！
還沒開始打
就判猴拳勝利！
因為新寵妃
是屬猴的。
猴好!
猴好

白鶴拳
詠春拳
螳螂拳
少林拳
太極拳
我學過二十四門派各路拳法！
哼！哼！
哼！
快出招吧！
等一下！
程式出了一點狀況！
上半身白鶴拳，下半身還在打太極！
沒能夠「與時俱進」！

皇家羅漢拳
虎虎虎虎
哇！這個好！
這個好！
這個我喜歡！
奇怪？
觀衆為何只為他喝采？
唔!
「皇家羅漢拳」不敵「免費羅漢果」。

地獄十字鎖
卡!
哇
!?
嗚
嗚
咽
咽
我不想活了…
!?
¡?
嗚咽…
我不想活了…
人家長這麼大還不曾被摟的這麼親熱！
变態!

橫掃千軍!!
懶驢打挺
用一招「雙龍入水」反擊他！
AAAAA
你用錯招啦！
!
SWO
師父您瞧！
抓到兩粒怪蛋！
罪過呀！
你剛才那一招是「月下偷桃」……

鉄沙掌
KA
閃開！
讓你見識真正的手刀！
你…
劈劈
劈劈
為什麼？
為什麼？
為什麼不靈了？
傻佬！先打開鋼盒取出木板再劈嘛！
啪！啪！
哈哈哈

烏龍翻江！
鯉躍龍門！
SLOOM
SLOOM
不公平
!
!?
明拳實腳的對打，有何不公平？
…
哼
你寫情書給她們，就我沒有！不公平！
太花心！
出狀況了唄！

移形幻影術！
為什麼你
捉得到本尊？
為什麼？
為什麼？
為什麼？
你的狐臭
洩露了行蹤！
討厭！
老毛病治不好

分筋挫骨
擒拿术！
哇
CRACK!
再不快脫身
就要輸啦！
快使用那招
「金蟬脫殼」！
金蟬脫壳！
哎呀！
脫得太用力了！
Booo

超级重炮拳!!!
HOOM!
四兩撥千斤！
刷！
POW
再超级重炮拳
不怕我的四兩撥千斤嗎？
K!
1000KG
千斤
你牛皮！撥得動千斤？

你…你還不認輸？
還沒！
再來吧！
可憐可憐我的手吧！
Yes!
超級耐打王

哼！
烏龍院
被打慘了！
竟然還有臉比出
勝利的姿勢！
哈哈哈哈……
皇家隊的趙甲
毫髮無傷！
好樣的！
全部傷在背後啦!!

本屆奧林霹客
冠軍誕生了！
烏龍院
大師兄！
我要發表
得獎感言……
感謝大師父威嚴
教導的棒子。
感謝胖師父飽多
味美的包子。
咳！
感謝小師弟
帮我扣風讓
我睡懶覚。
感謝蔡捕頭在我出發前送我十元做為友誼的支持。感謝丁老板賣青菜算我八折。感謝巷口麵店的伙計們每次吃麵加湯不加价。感謝蛋糕店的陳大姐每次買蛋糕送我雞蛋。感謝淘金路斜坡轉角書報攤的大娘每次都送我過期的雜誌……
感謝李医生的李護士每次在我感冒看病都会先塞糖给我吃然後再打針，还有……
感謝這個……感謝那個……还有……感謝……因为……所以……感謝……
Z
大師兄的感謝詞創下了奧運新紀錄！

灰頭土臉
輸了
不要氣餒，
打起
精神來！
如此健壯的
年青人，
應該繼續
為國效力！
是……是的……
封你為「清宮大武士」
為皇家效力吧！
謝主隆恩
謝主隆恩
清宮大武士

榮耀屬於勝利者。
現在頒發奧林霹客金牌！
一百公斤金牌一枚！
一百公斤金牌！
苦盡甘來啦！
哇
不用再過苦日子啦！
向窮光蛋說再見！
哇
哇~
~哇
啊
啊
99.99公斤的鐵座，0.01公斤的金牌！
奧林霹客
99.99KG

這個「金牌」最
多只值三百元。
奧林霹客
唉呦
唉呦
扛回烏龍院
太不划不來了！
我去雇輛
牛車拉回去吧！
他說運費
要八百元！

這次閉幕式一
要突破創新。
要做到外國人也
想不到的節目。
我設計了「百
鳥朝鳳」「萬衆
歸一」肯定適
合皇上！
百鳥朝鳳！
萬衆歸一！
嗯！
好名字！
奧林霹客
閉幕式！
熄滅聖火！
百鳥朝鳳
萬衆歸一！

泡沫鴛鴦

爱情小说大师
签名会
請簽名！
!
拜託再幫我多題兩行字吧！
熱情讀友！
寫上：「字跡潦草，敬請原諒。」

青春陷在大院裡，怎麼會有愛情呢？
春夢
好羨慕卿卿我我的蝴蝶！
祈禱有一天我也能蝶戀雙飛……
幸福的夢呀！
春夢
這痞子霉味太重！快閃！
WAAA—
夢也沒了！
春夢

喂！
竟然迷上言情小說！
喔！
男主角為愛殉情！
他選擇跳樓自殺……
哈哈哈哈！
沒良心！
人都死了你還笑！
從五樓跳「上」一樓，會死嗎？
哎唷！該死！
這麼重要的事竟然印錯字！

決定了！我要找到自己的真愛！
…
為對方付出一切至死不渝……
你不是早有對象了嗎？
哦？我怎麼沒發現？
真愛
死哪兒去了！快拖地！
啊！是他！

是大師父！
快把書藏起來！
嗯？
藏了什麼
在上面？
好傢伙！
竟然藏在
這裡！
啊！
你的約會
情書被我
找到啦！
好險！
有點對不起
胖師父！

問世間情為何物？真叫人……
!
春夢
情為何物？
情？情？情？
情是魔鬼！他會悄悄纏上你！
情會讓你老更快！情會折磨你的心！情會叫你睡不著！
喔！好刺激的情！
情一定很好玩！
唉！有代溝了！

我的天哪！
「春夢！」
你怎麼在看
這種小說？
光怪陸離……
七情六欲……
男歡女愛……
你……
實在……
太過分了…
胖師父！
我……
怎麼可以看
比師父更
精彩的！
啪
冬眠
拿去！
春夢

聽師父的忠告吧！
戀愛會讓你喪失鬥志！
濫情會使你意志消沉！
春夢
愛得你意亂情迷！
愛得你死去活來！
春夢
師父！我想通了！
SLAM!
傻徒弟終於頓悟了！
原來是你倆太菜了，至今才沒結婚。

我下定
決心了！
要追求自己
的青春之夢！
追女朋友你要
常常請吃飯！
那得
花錢。
計畫書
要買花！
要看戲！
哇！那又得花
一大把錢呀！
要逛街！
要飲茶！
要送禮！
計畫書
青春萬歲
追求女友
儲蓄計畫
每日存一元
唉！
先追求自己的
荷包之夢吧！

姑娘！你的
絲巾掉了！
謝謝呀！
臭師弟真會
討好女生！
哼！
我也會！
姑娘！你的
手巾掉了！
!
神经病！擦鼻涕纸巾也要捡！
变态!!

回眸！
喔！
食为先
再回眸！
喔!!
三回眸!!
喔!!
搞好衛生·免看醫生
!
不洗頭就會像他一樣禿醜！

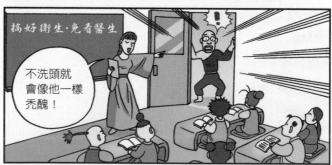

唉！
泡不到馬子，
這輩子是完蛋了！
哇塞！
灰頭土臉！
孤苦零丁一個
人，活在世上
有何意義？
嗚
嗚嗚
別這樣，
還是有機
會的！
包在兄弟
我身上！
今天帶你泡馬子！
讓你泡到爽！

!
POTON
小姐掉的瓶子，我給你撿回來了！
!
你太雞婆了！
AH-HA
1 多吃不会胖
2 再长高十公分
3 不会长痘子
4
那是我的許願瓶！

金枝小姐最喜歡哪一種男生？
投緣的。
「頭圓的」？
我的頭最圓！
我倆真是前世姻緣情定鵲橋！
我說的是「投緣」，不是「頭圓」。
AH
AH

三更半夜去哪裡？
是不是出去泡妞？
快從實招來！
她是萬金員外的女兒。
我們才第一次約會……
萬金員外的千金！
你還楞著幹嘛？
快去！快去！別遲到囉！
现实！

泡妞要穿得
體面才有機會。
瞧！
這是大師父當
年約會穿的名
牌襯衣！
咦？
什麼牌子？
啊！
失戀
紀念衫！
嗚~想当年就是穿著它
被女友甩了！
往事
不堪回
首呀
失恋
紀念衫

你這個人真有趣！
叫什麼名字？
我呀！
烏龍院大師兄「阿亮」。
原來你就是阿亮？早聽說過你了！
真的？
我那麼出名嗎？
想不到我神勇的事跡已遠近聞名了！
沒有什麼啦！
承蒙鄉親們抬愛啦！
大家都說阿亮是數學考鴨蛋的大傻蛋。

金枝小姐！
我邀請你出來約會吧！
我誓言做為金枝的護花使者。
即使天崩地裂也不會離開金枝半步……
大師兄注意！師父來抓你偷懶啦！
哼！什麼護花使者嘛！
我是開玩笑的！

好吧！
我答應明晚與你約會。
yes! yes! yes! yes! yes!!!
請問，
明晚想去哪裡玩呢？
先去吃魚翅大餐！
再去看名家戲曲！
然後去挑幾件珠寶……
然後……
喂！你怎麼又跳了？
唉！
「錢途無量」嘛！

明晚要和金枝約會，趕緊惡補！
咱們來預習一下！
泡妞術
春夢
喔！你是我夏天的冰棒！
啊！你是我冬天的火鍋……
討厭……
討厭……
好遜！
怎麼都是老掉牙的名句呢？
泡妞術
春夢
哎呀！你買錯版本了！
適用老年再婚

眼波
傳情法！
用靈魂之窗傳遞
內心的愛意！電
向對方……
最新版
追求女友
保証班
CHINA
我這凝視金枝
小姐的眼神……
有沒有充滿
狂野激情？
最新版
追求女友
嗯？
有嗎？
快說嘛！
天哪！
真的有！
非常
濃烈的！
而且
巨大的！
眼屎！

對方是千金小姐，你要特別留神哪！
想當年……
我也曾追求過富家小姐……
她是欣賞我的大鼻子。
說我的鼻子福大財大。
後來呢？
她又嫌鼻子太大，接吻不方便，把我甩了！

女孩子特別注意
男生的外表。
擦！擦！擦！
卡卡
卡
你要給她最好
的第一印象。
小師弟整潔白
皙，多討女子
喜歡啊！
也不要故意帶
寵物嚇女生！

這頂帽子借
你去約會。
這頂帽子經歷過
12次傳奇戀情。
咦？這帽子曾經
被染過顏色？
他從前是一頂
「大綠帽」！

我約金枝小姐在這裡見面！
波波公園
波波公園？
波波公园
為什麼叫「波波公園」？
奇怪！這裡沒海浪。
喔！果然是名符其實！
波
波
波
波

見面第一句
要說什麼呢？
我好緊張！
你應該說：
「今夜你真美，就
像盛開的花朵。」
我說……
金枝小姐
……
你……
你…
別緊張，
慢慢的說。
「花朵你真今夜，
就像盛開的美。」
還是太
緊張了！

糟糕！我忘了買花！
完蛋！我死定了！
第一次約會怎能沒有花呢？
OH! NO!
!!
前面有一家「花店」！
立刻幫你搞定！
小師弟你真夠義氣！
你是上天派來的天使呀！
原來是一間「豆花」店。
掐死你這小魔鬼……

金枝小姐來啦！
好緊張！
我的心砰砰的跳！
跳……跳得好快，好大聲……
砰咚 砰咚 砰咚… 砰咚 砰咚…
受不了……
我的心跳…越来越大声…越来越大声…
砰咚 砰咚 砰咚 砰咚 砰咚
砰咚 砰咚 砰咚 砰咚
?
我不行了 我不行了…

真抱歉！我
忘了買花！
你喜歡哪
一種花？
我一定去
買給你。
我想要
「浪花」！
傻瓜！
這種花
不好摘！

我很緊張！
這是我第一次和女生約會。
金枝小姐也是頭一回吧！
討厭！
怎麼這樣問人家？
你害羞了？
不好意思說吧？
我……
我……
我算不清，你大概是第八百個吧！

我帶了
牛肉干，
請你吃。
好吃！
好吃！
好好吃！
原汁原味
的喲！
我也帶了
魷魚干
請你吃。
WULOOM
也是原汁
原味的喲！

咱們烏龍院每天早上六點起來練功！
先練氣功，再練外功！
九點開始練兵器。
然後……
啊！
Z
我們家每天早上十點起床。
先吃一頓美容營養餐。
然後做護膚、韻律操。
下午去逛街，喝下午茶、修指甲。
ZZZ

我在樹上刻字以示情深意濃。
PA！
哎呀！
斷了！
SWAI！
別慌張！
讓我來吧！
你太專業了吧！
是不是常帶別的男生來刻呀？

金枝小姐，
當我第一次見到你……
就已經……
就已經愛上她了，對不對？
你真煞風景！
電燈泡！
超級電燈泡！
不當電燈泡了，我當蠟燭吧！
受不了……

金枝小姐，
我想……
！
螢火蟲！
金枝小姐，
我覺得……
！
青蛙！
金枝小姐，
我可以……
！
松鼠！
這裡比較
新鮮好玩！

大師兄，
我好無聊！
回家吧！
你閉嘴！
呵！
如此浪漫的夜晚
怎說是無聊呢？
HA HA HA
呵！
呵
呵
呵
回家吧！
太不夠刺激啦！
呵
呵
呵
好冷.
呵
呵
呵
呵
呵
呵
呵

HA HA HA HA HA
我墜入
愛河啦！
全身輕飄飄
的……！
好像進入
了天堂！
混到這麼晚
才回來！
快去做
家事！
你上天堂了！
卻要我陪你
下地獄！

今晚的約會還順利吧！
師父，我……
他已經狂吻過金枝小姐……
嫉妒!!
第一次約會就行為輕浮！
敗壞門風！
我是說：
他狂吻過金枝小姐的畫像！
不早說！
小师弟我恨你…
沒事！沒事！

滿腦子都是金枝的倩影，太興奮了！
實在睡不著，和我聊聊嘛！
明天早上九點要背唐詩。
十點要練書法五百字。
然後要寫作文。
師父要考數學。
還有……
POTOM!
喔！變的還真快！
Z
Z
Z
Z

啊！
蒸出來心形的饅頭！
他正陶醉在愛情裡！
連餃子也包成心形了！
愛情的力量真奇妙！
師父，我把你們的花圃也修剪好了！
哇！我的蘭花！我的盆景！
哇！我的百年榕樹

愛情！
愛情！
帶給我無限
的活力！
第一次談戀
愛的傢伙！
做什麼事都那
麼興奮衝動！
真是菜鳥！
咦？
老婆？
不在家孵蛋，
跑出來幹啥？
菜鳥說要體會做
爸爸的感覺！
猴急！
嗯
嗯
嗯
嗯
蛋蛋破了

兩隻蝴蝶好比我和金枝小姐。
兩隻小雀，也讓我想起月下的我們！
這兩分也讓你想起了金枝嗎？
数学
2分
!
想起了大師父的柳枝！
YASA!
涮!
2分
你還算清醒嘛！
阿亮的考卷

青春之戀，
多美妙呀！
你應該多和徒弟交交心！
別老是搞的那麼嚴肅！
情人樹下令你想起了她？
大師父能讀我的心！
一百年前有個靚女在這上吊。
嗚哇~
老怪物太毒了…

金家大宅
MONEY
POWER
金宅
金
你怎麼可以對一個窮小子動心呢？
他要是敢動你一根汗毛！
我就打斷這小子的狗腿。
老公。
你也別說這種狠話。
夫人……
想當年我爸也是這麼說你的！
你敢碰她就打斷你狗腿!!
過去式了嘛！
過來人啦！

烏龍院窮小子有什麼本事讓你動心？
他好喜歡吃我做的點心！
好厲害！
強！
太有本事啦！
她搞的點心，連鬼都噁心！

你的心太野，別老想著情呀，愛呀的！
多麼有氣質的樣子！
實在太像我了！
你應該多學學你妹妹！
學點古琴詩樂！
WA!郎有情妹有意!
帅哥! yes! OH~
我心中的太阳!!
OH!! OH!
OH AHHAAA

親愛的老姐，
你新的男友正點嗎？
性感的雙唇，結實的肌肉！
動起來活潑又可愛！
我發現老姐的男友啦！
他來找我了！
果然活潑又可愛，雙唇性感！
嘓

老姐！
你覺得男生會喜歡我嗎？
HA HA HA HA HA HA!
誰會喜歡你這種恐龍妹呢？
金葉！
我們走吧！
帥！
老姐，他來接我了！
今天家教補習第三課！
開始感覺到恐龍的威脅……

年紀越來越大管不住啦！
最近常常跑出去野！
？
我認為要趕快找個對象！
！
要選壯一點的，品種好些的！
將來一定要生十個八個！
還可以賣掉幾個賺些錢！
這隻種貓挺不錯的！
！
喵
CAT

華街鬧市壯名城
這位是本城名流「西門公子」！
經商有道財源茂
!
啊！
你是後門公子！
不對！
我是西門，不是後門。
西門祝
你本來就是「後門」嘛！
我是西門！不是後門！
西門祝
上廁所忘了放下吧！
唉！
西門祝
古代人常出現的窘態!!

本公子英
俊瀟洒。
才高八斗，學
富五車……
西门祝
我就是喜歡
你這點！
嘻！
??
HO!HO!HO!
金枝小姐
喜歡我這
優點！
我就是喜歡
你會說冷笑
話這一點。
HA HA
HA
HA HA

我與金枝小姐
一見鍾情！
彷彿就是前
世已注定！
對呀！還有來
世的約定！
!
!
前世注定！
來世約定！
那我們倆
個就……
……
就是今世
沒緣份！
你趁早去
投胎吧！

我討厭
西門公子！
油腔滑調，
花言巧語！
姐姐跟他在一起，
好比鮮花插在牛糞上。
只不過他是一條
有錢的金牛。
你……
金枝小姐！
又送禮啦！
西門大哥！
你才是
花言巧語！
巧克力
金枝

嗯！
極品！
好！
這尊古玉羅是孝敬金員外的。
這個1，2，3，4，6，5，7，8，9……
10
11
啊哈！
在算我和金枝的婚期吧？
12，13，14，15……
16，17……
一尊羅漢就搞定她女兒了！
划算！
羅漢一共十八尊。
剩下的你何時給我呢？

金枝對西門公子一直搖頭。
是不喜歡他嗎？
金枝點頭了！
她接受他啦！
你說了什麼讓金枝點頭了？
我問她是不是嫌我煩？
她猛點頭！

今天陪我去
約會吧！
陪你去
有條件！
要買一套最新
的漫畫給我！
啊！我的
最愛！
金枝！
我最愛看的新
連載漫畫！

今天隨便到哪兒玩都行！
OK！
射箭
騎馬
爬山
游泳
打球
慢跑
都太費體力了！
去逛街吧！
逛街呀！
還是回家睡覺吧！
好累！

烏龍院窮小子
竟然私會金枝？
哼！
哼！
我要去
向她老爸
告狀！
你敢去
告狀？
你這
壞心眼！
上次是不是
你告的？
要去告誰
的狀？
打
打
打
打
?
...

西门祝
竟敢和我西門祝爭奪女朋友？
隨便一出手，我就送個金鐲子。
你能比嗎？
我一出手就送他全世界最大的金……
金龜子！

來人哪！把稀世珍
寶獻給金枝小姐！
此乃天蠶絲絹，
花了十萬隻蠶織
成的。
來人哪！
把本院珍藏的寶物
獻給金枝小姐！
一萬隻蜘蛛織成的
純天然絲絹。

你處處與我作對！
分明是在找碴！
西门祝
公子，要不要叫兄弟們出手？
上！
西门祝
是誰在找碴？
哼！
噗通
西门祝
公子，沒什麼碴嘛！

打！
打！
竟敢與西門公子作對！
現在求情太晚！
公子！拜託別再打了！
哇！
哎呀！
PON
給我狠狠的打！
好慘哪！
腿被踩斷了！
頭破血流，牙也沒了！
哇！
KU！
YASA！
公子，拜託別再打了！
疼～～

窮小子！
今日拼個你死我活！
哼！
！
求求你別再打了！
你回心轉意了？
這是愛的選擇！
在你死之前，再讓我看幾眼。
yes!

氣死老夫！
又去和窮小子約會？
從今天起不准跨出大門一步！
老爺好厲害！
那當然！
金枝真的不敢出大門一步了！
我有父親的威嚴！
姐姐從後門出去了！

我做主！
把金枝許配給西門祝！
你們怎麼能自私決定女兒的幸福呢？
這應該如何是好呢？
應該……
這個嘛！
應該學老爸一樣，是許配給媽的！
噢！往事……
閉嘴！
不許重提往事！

PUNCH!
不得了！金家
要招贅了！
cool！
大師兄
……
你對金家招贅
沒意見嗎？
小師弟！
你真要知道
我的想法嗎？
你別太衝
動呀！
招贅是什麼
東東呀？
你……
白痴加
三級！

金員外強逼金枝嫁給西門祝。
我豈能容忍橫刀奪愛？
SWA!
為了金枝我什麼都敢做！
為了愛情我可以拋棄一切！
為了愛一切皆可拋！
你還在猶豫什麼？
啊！
剛蒸好的包子有點捨不得……
SHIT！

金枝！
你不可以嫁給西門祝！
KUN!
傻小子！
你有何本事養活我女兒？
我雖然傻！
但我也能做聰明事！
什麼聰明事？
咚
咚
比如說跟你借錢……
喔！
這倒是挺聰明的！
那我豈不是成了傻瓜岳父了？

我體力充沛，能拉弓射箭。
SHOOT
金家書香門不第不需要你這種武夫。
沒問題！
這玩意我也行。
看不出他還是允文允武。
帥吧？
SHOOT
SHOOT
SHOOT
SHOOT
哇！我的古琴哪！

哼！
戴上老虎戒，修理那小子！
烏龍院帥哥！
又再次見面了！
啊！
！
西門公子何時來的呀？
我不是故意的！
哇！
我本來是……
……
啪！

你這個粗人！
沒有一點文化氣質！
西门祝
你太不了解我了！
唐詩三百首我倒背如流！
你？
這傻子能倒背唐詩？
若真如此，我隨便你！
HA HA HA
HA HA
床前明月光，
疑是地上霜。
吃噢！要守信用！

我的琴韻融入了感情！
就連鳥兒也為我的音色感動！
哼！
換你來彈奏一曲！
獻醜了！
他們都是愛吃烤小鳥的ㄟ!!
他吃的最多！
他每天吃！

要本公子與他比弈棋？
HA HA HA...
我先讓他下一子，免得人別人笑我欺負白痴！
…
西门祝
哼！
既然西門公子謙讓！
你就先下第一子吧！
好的！
西门祝
西门祝
我先下一子！
卡
COOL

我畫百鳥圖
栩栩如生！
好俐落！
畫的是不錯，
但是太傳統了！
看看我的
百鳥圖！
一粒飛石去，
百鳥全飛盡！

拿出最好的實力。
給老夫畫像！
閉著眼睛也能描出您的英姿！
強！
強！
強！
爸！他畫的更帥！
look!
標準的鷹姿！
把我當禽獸！

不准再和他來往！
否則就打斷腿！
不聽！
不聽！
今天好好教訓你！
哇
SWAA
SWAA
打爛啦！腿斷啦！
老公，
不能再打了！
好慘！屍骨不全！
嗚哇！我的玩具熊呀！

HARLA!
KUNDON
SWA
CUNLARN
PADA
姐姐在生氣，
亂砸東西！
KO!
PONN
HANN
LEA
唉！可憐！
讓她待在房
裡發洩吧！
東西摔壞就算
了，唉！真可
憐……
可是……
她是在你的
古董房裡……
野蠻女
住手!!
別亂
砸东西!!
我看你才
最可憐咧！

姐姐別太傷心了！
要不要我向爸媽說些好話？
這盒巧克力請你吃！
那就麻煩你了！
！
老爸！要不要我去向姐姐說些好話？
巧克力

媽媽做的排骨飯，
姐姐都沒吃。
!
這麼好的排骨、豬腳一口都沒動！
真是太過份了！
拿些醬瓜、豆腐乳，餓死她！
好吃！
真美味！
怎麼不早點拿來？
SHIT

你這是什麼
惡劣態度？
從今天起
不准吃飯！
哼！
不准去
逛街！
不准你
花錢！
不准你
買花！
哼！
老公，還是我
來勸勸她吧！
你？
了解
孩子嗎？
哼！
哼！
哼！
不准你
稱體重！
不准你照
鏡子！
不要哇！
我認錯啦！
女人。

烏龍院
臭小子！
與我爭金枝！
本公子今天就蛋洗烏龍院！
給我砸！
他們出來了！
準備打⋯⋯
⋯⋯
呀！
呀！
蛋汁流掉太可惜，收集一下！

窮光蛋，我用銀子
就能砸死你！
住手！
你敢用銀子
砸我徒弟？
你真的敢用銀子砸死我徒弟？
烏龙院
還不快
謝謝人家！
看不出你還
這麼值錢！
Thank you!

來！
這箱現鈔送給你！
西门祝
條件是叫你徒弟不再找金枝！
沒問題！
沒問題！
西门祝
你聽著！
從今以後不許你再去找金枝！
師父，為了錢竟然……
想她的話，知會我一聲，我幫你去找。
高呀！

金枝看起來
挺能幹的！
身手靈活，
人也聰明！
不如先叫她
住進來吧！
好！
!
想不到師父
這麼新潮！
願意讓金枝
先與我同住
……
侍候咱們
搓搓腳。
WAAAA
WAAAA
跟著傻徒弟
多浪費呀！

聽師父的話，別再去找金枝了！
不！
不！
你要師父還是要金枝？
說！
我當然要師父。
要師父。
要師父。
要師父
讓我去找金枝。

切！這鍋甜湯怎麼是苦的？
簡直像苦茶！
唉！
一定是失戀的大師兄煮的。
？
？
他是怎麼把甜湯煮成苦茶？
!
用煲的！

寫情書要
感情豐富。
才能打動
芳心。
噢！要感情
投入唷！
寫好了沒呀？
真能寫！
八個
小時啦！
感情十分投入⋯
寫好了沒？
寫完了嗎？
還沒結束哪！
是在寫情書還
是搞連續劇呀？
OH
OH
OH
我♥金枝

我給你一百元。
幫我送情書給金枝。
咱們自家兄弟嘛！
說這樣就太瞧不起我了……
哦！好樣！
够义气！
你是我最最最铁的哥们!!
就是因為看在兄弟的份上。
本來收費一千的算你五百。

金家門禁管制。
情書送不進去！
謝絕訪客
咱們做個風箏，從空中送進去！
好主意！
金枝收
等一等……
快一點！
我等不及了！
金枝收
褲子還沒畫哪！
!
哇！變態！
Cool

這是我師兄給你姐的情書！
這是我姐給他的情物。
相思豆。
這個也準備了。
他也送豆給我姐！
好浪漫喲！
他剛剛擠出來的青春痘！
狂噁心！

嗚~
姐姐剪下秀髮一束。
她說相隔兩地相思苦。
見髮如見人！
咱師兄也是一樣。
交給你姐毛髮一束。
好感人的苦恋~
你師兄是大光頭！
怎麼會有這個？
他剪下
腋毛
編成的。
超噁心！

我師兄為愛傷神！
我擔心他更加消沉！
你善解人意！
你姐為情所困！
我憂心她的憔悴！
你體貼入微！
我們應該為他們分擔憂傷！
你心地善良！
乾脆我們幫他們約會吧！
狡滑！
吃屎去吧！

哇！他畫給你的情人卡！
好俗！
我 愛 金枝
看！我畫的情人卡！
哇！
冒泡泡的死魚？
這是飛向星空的自由鳥！
嗚 自己画的爛，还打人家！

SWAA
SWAAA
大師兄派我送密函給你！
信呢？
因為此事極為機密！
所以沒用紙書寫！
寫在何處呢？
寫在極機密的地方！
咳！
這就是他的信！
变態!!
金枝♥
我们私奔吧!
●請勿模仿这种不雅的情書寫法。

我決定與
金枝私奔！
浪跡天涯
海角！
縱然有千百
個不願意！
但我仍
選擇了
自由的愛！
大師兄！
我會非常
想念你！
出門在外不
能太寒酸！
我送你一匹馬
以壯行色！
哭．到．不．行
多謝！
海馬
一匹！

你真的要和她私奔呀？
嗯！
勇敢的去追求幸福吧！
KU!
嘻！
!
哇
我就知道你打的歪主意！

大師兄！
金枝！
我願與你共赴天涯海角！
我是世界上最幸福的男生！
咦？車呢？
什麼車？
你這是私奔還是旅行呀？
當然是載我行李的車子！

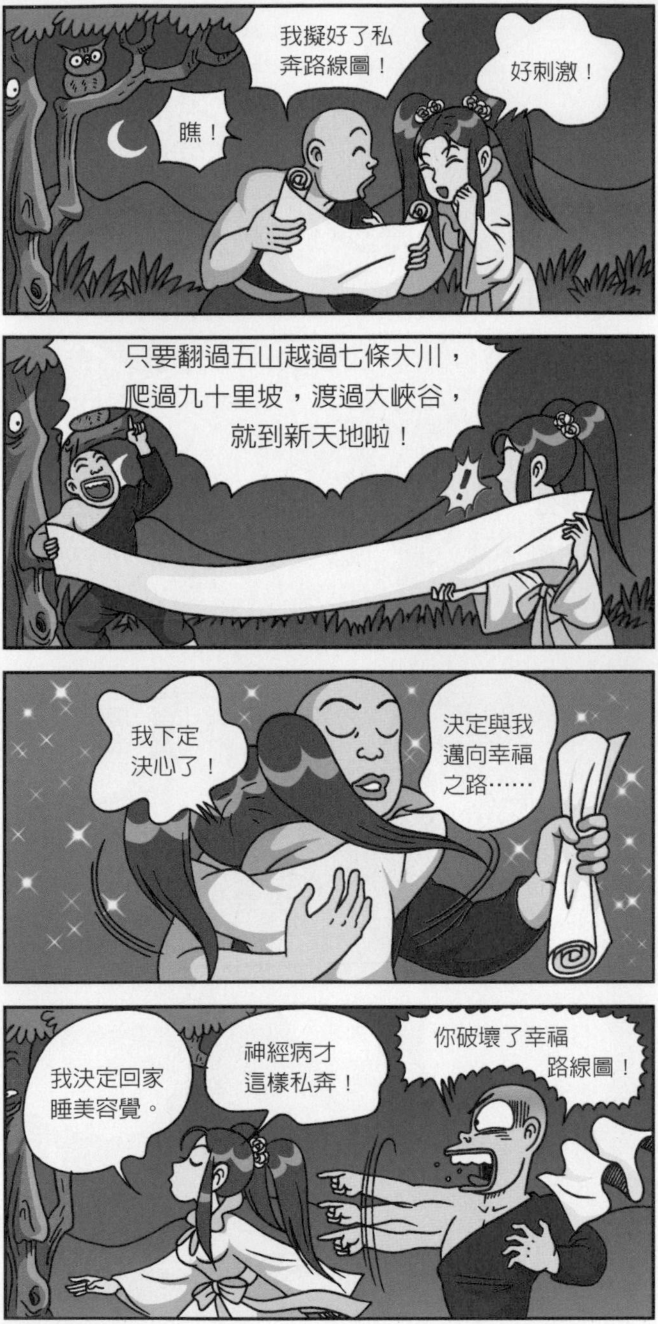
我擬好了私
奔路線圖！
好刺激！
瞧！
只要翻過五山越過七條大川，
爬過九十里坡，渡過大峽谷，
就到新天地啦！
！
我下定
決心了！
決定與我
邁向幸福
之路……
我決定回家
睡美容覺。
神經病才
這樣私奔！
你破壞了幸福
路線圖！

你瞧！
我也準備了一份幸福路線圖！
既安全又不會被發現！
HO HO HO
你好聰明！
是什麼幸福路線？
歐洲自由行，兩人雙飛十萬元！
死貴！
你沒大腦嗎？我只帶一千元！
贵族旅行团

什麼？
女兒和他私奔了？
金枝！
你給我回來！
人都走遠了。
叫她有啥用？
哼！
房間這麼亂，叫她收拾好再走！
有你這神爹，我也想私奔了!

他們走不了多遠。
獵狗一定能追上！
汪汪汪
汪汪
汪汪
快拿金枝的衣服給狗聞味道！
汪汪汪汪汪汪
嗅！
嗅！
嗅！
她的故事太美了！
咱們也私奔吧！
AAAA
AAAA

想不到他選擇了私奔……
師父大人 敬啓
对不起！我走了。
跑了就算啦！
這種傻瓜找回來也沒有用！
但是他帶走了本院所有的積蓄！
对不起！我走了。
快找他回來！
地球翻遍也要找到！

五星级賓館
太窮了，實在住不起高級酒店！
喂！
你們兩個！
日子過的再潦倒，
也不要讓人趕來趕去！
酬賓喜訊
第一百对
情侶
免费住房
30天.
你們剛好是第一百對。
怎麼跑了呢？

斗娇女裝店
百媚皮草
都太貴了
咱們買
不起。
別看了！
實在
買不起！
這家
不錯！
我們買
兩件！
!
全国第一品牌
好農民工具行
…
不錯吧！
還是情侶
裝哪！

逆旅多情留客住
剛才做了一個惡夢。
夢見我穿了一件純絲長裙。
純絲長裙有什麼可怕？
呆！
因為那是一件前年的款式呀！
OH!

我要吃烤鴨！
千金小姐！
你太任性了！
就是要吃烤鴨！
逆旅多情留客住
好吧！我去買烤鴨給你！
不要！
我不要！
又怎麼啦？
這是烤鴨嘛！
我只要三分熟的烤鴨！
你皮癢嗎？

西門公子！
呼！呼！
呼！
！
呼！
呼！
呼！
？
啊！
他…
西門祝竟然沒認出我來！
？
哇靠！你是誰呀？
早上沒洗脸沒化粧的女生
切！

只羨鴛鴦
不羨仙。
自由自在的
談戀愛多麼
幸福呀！
找到啦！
在前面
抓起来
就是那小子！
?
嗚
哇
快回家！
打死你
竟敢私奔

窮途末路！
連吃飯的錢也沒了。
我離家時帶了一些首飾。
可以去換點錢吃飯啦！
唉！十元一條的地攤貨！
才不呢！
我還殺了三塊錢！

!
我還有塊玉佩。
是生日的時候爸爸送的。
哇！一定很值錢。
我們的三餐有著落了！
他是在老實銀樓買的。
我師父也送了一條給我。
咦？
也是在老實銀樓買的？
那家銀樓專門賣假貨的呀！

如果重新再來，
你會選擇愛情還是麵包？
跟著你太窮太苦。
我寧可選擇麵包。
如果我也有麵包。
你還會愛我嗎？
你有錢嗎？
「發霉的麵包」。
喵～

跳吧！
為堅貞的
愛殉情吧！
親愛的，
你先跳吧！
我會追隨
你去的。
叫你一聲痴
情爛傻瓜！
CoLo！
我…就是上次
…和她恋愛私奔
後来……
先跳下去的
那一个……
结果她…
她…
×××…

吞下這瓶毒酒。
讓我們來世再相會！
飲！
親愛的大師兄！
還有什麼遺言嗎？
我……
最後……
真心的告訴你……
我皮膚對酒精過敏，
你幫我喝了吧！

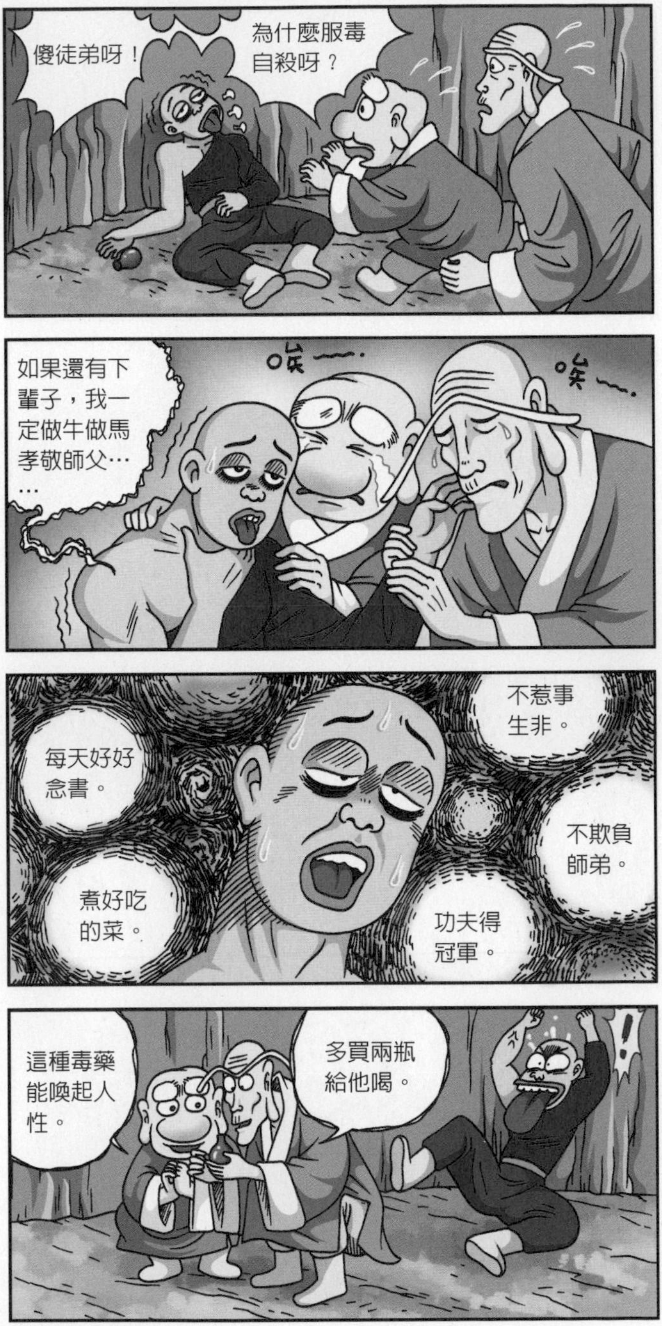
傻徒弟呀！
為什麼服毒自殺呀？
如果還有下輩子，我一定做牛做馬孝敬師父……
唉——
唉——
不惹事生非。
每天好好念書。
不欺負師弟。
煮好吃的菜。
功夫得冠軍。
這種毒藥能喚起人性。
多買兩瓶給他喝。
!

好痛，
好痛呀！
毒藥
發作了！
快躺下，
不要動！
別拉我！
別拉我！
拉住他！
這不是毒藥，他買
的是廉價瀉藥！
BOW
BOW!

想不到傻徒弟如此痴情。
戀情比梁祝還要感動人。
真的耶！
我也覺得自己愈來愈像梁山伯了。
你是梁山伯？
臭美！
唔…
別誇你兩句就抖起來了！
喔！真的羽化啦!!

經過這次教訓，
徒兒已經覺悟
了！
發誓以後每天
都要去泡……
泡什么？
还敢泡妞？
贱性难改！
欠揍!!
觉悟吧！
我爱师父
茶
我爱师父
我是要"泡一茶"嘛！
早说嘛
不好意思

什麼
爛小說！
春夢
欺騙讀者
感情！
我來寫出
私奔歷程
……
讓世上知
道何謂純
情真愛！
放不下那
段感情？
想起她就
傷心？
不是啦！
因為太久沒
動筆，字都
不會寫了。

金枝，
重回我的
懷抱吧！
甩门祝
親愛的！
我在這裡
等你好久
了呢！
啊！
金枝！

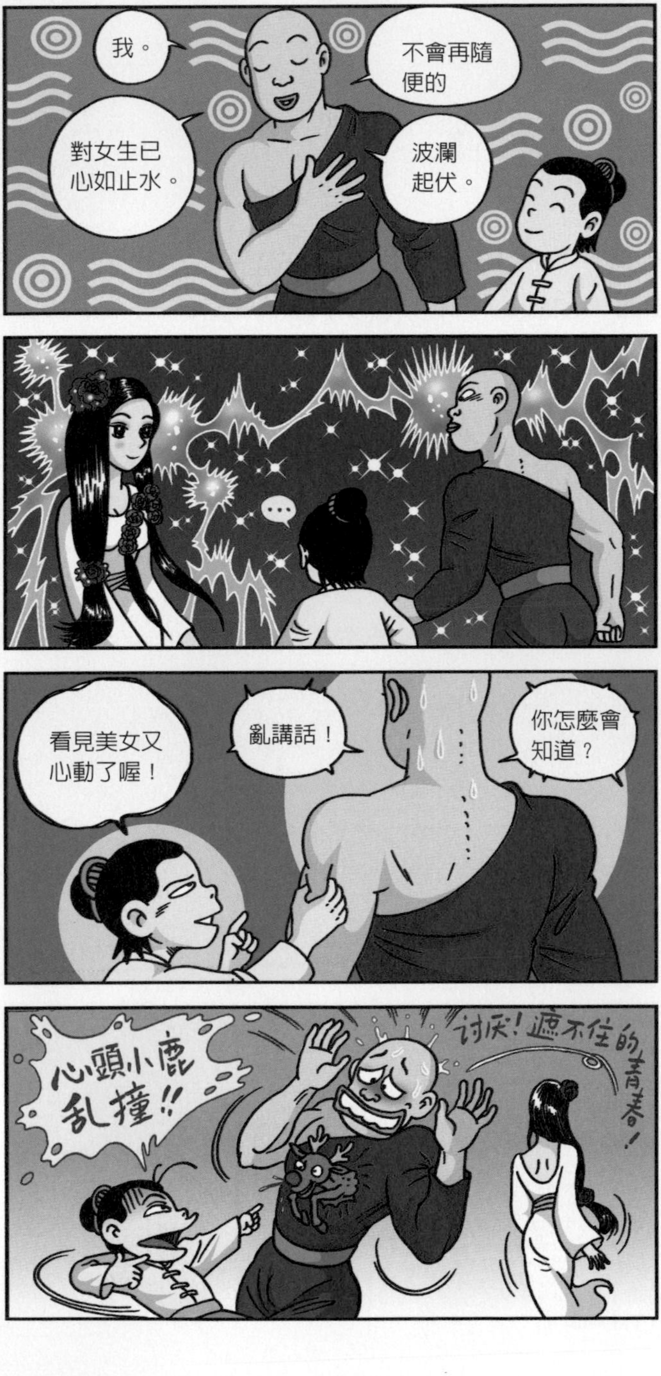
我。
對女生已心如止水。
不會再隨便的
波瀾起伏。
……
看見美女又心動了喔！
亂講話！
你怎麼會知道？
心頭小鹿乱撞!!
讨厌！遮不住的青春！

時報漫畫叢書 FT807

奧林霹客

作　　者—敖幼祥
主　　編—陳光達
編　　輯—誌　鈺
美術編輯—黃昶憲
執行企畫—李慧貞
執行編輯—何曼瑄
董 事 長
　　　　—趙政岷
總 經 理
總 編 輯—李采洪
出 版 者—時報文化出版企業股份有限公司
　　　　10803台北市和平西路三段240號3樓
　　　　發行專線—（02）2306-6842
　　　　讀者服務專線— 0800-231-705
　　　　　　　　　　（02）2304-7103
　　　　讀者服務傳真—（02）2304-6858
　　　　郵撥—1934-4724 時報文化出版公司
　　　　信箱—台北郵政79～99信箱
時報悅讀網—http://www.readingtimes.com.tw
電子郵件信箱—newlife@readingtimes.com.tw
時報愛讀者臉書粉絲團—http://www.facebook.com/readingtimes.2
法 律 顧 問— 理律法律事務所　陳長文律師、李念祖律師
印　　　刷— 華展印刷有限公司
初 版 一 刷— 2005年1月24日
初 版 十 七 刷—2016年8月15日
定　　　價— 新台幣 280 元

行政院新聞局局版北市業字第八〇號

ISBN：957-13-4248-3
Printed in Taiwan